Alma Flor Ada

F. Isabel Campoy

Celebra
Hanukkah
con un cuento de Bubbe

Ilustrado por **Mariano Epelbaum**

ALFAGUARA

—Ojalá Bubbe nos cuente un cuento hoy después de la cena
—dice el pequeño Rudi—. ¡Me encantan sus cuentos!

—A mi también. Mi favorito es el de los dos hermanos
—añade su hermana Renata.

—No lo recuerdo… ¿Cómo es? —pregunta Sonia,
la hermana mayor.

Bubbe – "abuela" en yiddish; se pronuncia "bobi" o "bobe".

—Dos hermanos pusieron el trigo de su cosecha en dos montones iguales —explica Renata—. Ambos eran muy pobres. En la noche, el mayor puso trigo de su montón en el montón del hermano menor para ayudarlo. Nadie lo vio...

—El hermano menor decidió también ayudar a su hermano —
continúa Renata—. Al amanecer, puso trigo de su montón en el
montón del hermano mayor.

—Y nadie lo vio... —interrumpe Rudi.

—Ambos repitieron lo mismo varias noches —dice Renata.

—Y, ¿qué pasó? — pregunta Sonia.

—Que los dos montones seguían iguales... —responde Renata.

—Y ninguno de los dos sabía por qué —interrumpe Rudi de nuevo.

—¡Qué gracioso! —exclama Sonia.

—Hasta que una noche, los dos hermanos se encontraron junto a sus montones de trigo —dice Rudi.

—Y se abrazaron y lloraron llenos de emoción —concluye Renata—. Ambos se sintieron muy felices de saber que tenían un hermano tan generoso.

—¡Cómo me gustaría tener un hermano así! —exclama Sonia mirando de reojo al pequeño Rudi.

—A mí me gustan los cuentos de Bubbe, pero lo que más me gusta son sus *latkes* —dice Rudi.

—La cena está lista —anuncia Bubbe—. Niños, ayuden a poner la mesa. Sonia, busca las servilletas. Renata, saca los cubiertos. Y tú, Rudi, pon un latke en cada puesto.

latkes — tortitas fritas hechas con papas, huevos, cebolla y harina

"No hay suficientes latkes para todos", piensa Rudi. "Bueno, no pondré ninguno en mi puesto."

"Pero me gustaría probarlos", sigue pensando. "¡Ya sé! Probaré un pedacito pequeñito de cada uno. Nadie lo notará…"

—¿Por qué no hay un latke en tu puesto? ¿Ya te lo comiste? —pregunta Sonia.

—No, es que no alcanzaban para todos —contesta Rudi.

—¡Ah! Ya veo —dice Sonia.

"Bueno, le daré a Rudi el mío. ¡Le gustan tanto los latkes!"
piensa Sonia. Y pone su latke en el plato de Rudi.
"Pero me gustaría probarlos", sigue pensando. "¡Ya sé!
Probaré un pedacito pequeñito de cada uno. Nadie lo notará…"

—¿Por qué no hay un latke en tu puesto? ¡Te lo comiste!
—pregunta Renata.
—No, es que no alcanzaban para todos —contesta Sonia.
—¡Ah! Comprendo —dice Renata.

"Le voy a poner el mío a Sonia. ¡No puede quedarse sin latke!"
piensa Renata. Y pone su latke en el plato de Sonia.
"Pero me gustaría probarlos", sigue pensando. "¡Ya sé!
Probaré un pedacito pequeñito de cada uno. Nadie lo notará…"

—¿Qué les ha pasado a mis latkes? —pregunta Bubbe—.
¡Están todos pellizcados! ¿Cómo vamos a celebrar
Hanukkah con estos latkes?
Los niños se miran unos a otros. Pero nadie dice nada.

Bubbe regresa a la cocina y luego vuelve con más latkes.

—¡Menos mal que estoy preparada! Nunca se sabe cuándo pueden llegar "los duendes" a pellizcar mis latkes…

—dice Bubbe con voz burlona—. ¡Ahora sí, vamos a cenar!

—¡Con Bubbe todos los cuentos
terminan bien!

15

¿Qué es Hanukkah?

Hanukkah es una fiesta que celebran las personas judías para recordar algo increíble que sucedió hace mucho tiempo.

Unos enemigos de los judíos tomaron su templo más importante, en la ciudad de Jerusalén. Los judíos lucharon para recuperarlo. Cuando entraron, buscaron su lámpara sagrada. Esta lámpara se encendía con aceite, y sólo había aceite para un día. Sin embargo, con tan poco aceite, ¡la lámpara duró prendida ocho días!

$\mathbf{E}$s por ello que Hanukkah dura ocho días y también se llama el Festival de las Luces. Hanukkah comienza en una fecha distinta cada año, pero casi siempre se celebra en diciembre.

En Hanukkah se encienden las velas de un candelabro que se llama *menorah*. En la menorah se ponen nueve velas: una para cada una de las ocho noches de Hanukkah y la del medio, llamada *shamash*, que se usa para prender las demás.

Menorah y shamash son palabras del hebreo, la lengua que hablan muchos judíos.

La familia se reúne para encender las velas y para compartir un rato agradable. Cada noche, se enciende una vela nueva y las velas de las noches anteriores. La noche del octavo día se prenden todas las velas.

Hanukkah es una época de alegría y agradecimiento. Los hogares y las tiendas se decoran de manera especial. El ambiente se llena de luz, brillo y color, especialmente azul, que es el color de Hanukkah. También se dan regalos, sobre todo a los niños.

Mientras las velas de la menorah están encendidas, los miembros de la familia oran, cantan, cuentan historias, hacen crucigramas o juegan a las adivinanzas.

En Hanukkah las familias también juegan con el *dreidel*.
El dreidel es una perinola o trompo de cuatro lados. En
cada lado del dreidel hay una letra del alfabeto hebreo.
Cada una de estas letras tiene un significado especial.

Al comienzo del juego, cada jugador pone una moneda en un montón. Después, los jugadores se turnan para hacer girar el dreidel. Según la cara que quede hacia arriba, el jugador tiene que poner otra moneda en el montón, tomar algunas monedas o sencillamente no hacer nada.

El juego se acaba cuando ya no quedan monedas en el montón. Gana el jugador que tenga más monedas. ¡Lo mejor es que se pueden usar monedas de chocolate...!

La comida es otra parte importante de Hanukkah. En estas fiestas, las familias judías preparan comidas especiales.

En Hanukkah se comen muchos platillos fritos para recordar el aceite que mantuvo encendida la lámpara del templo de Jerusalén.

Uno de estos platillos son los *latkes*, unas tortitas hechas con papas, huevos, cebolla y harina que se sirven con salsa de manzana.

También se hacen galletas en forma de estrellas, menorahs y dreidels.

Otras culturas del mundo también usan velas y luces para celebrar cosas importantes.

Los cristianos en todo el mundo decoran árboles con luces y adornos de colores durante la Navidad.

Los budistas cuelgan farolitos de papel durante Vesak, la fiesta del cumpleaños de Buda.

Las comunidades con raíces africanas prenden las velas de un candelabro llamado *kinara* durante la celebración de Kwanzaa.

En la India, durante Diwali, o Festival de la Luz, se prenden muchas velas y lámparas de aceite.

El Día de Santa Lucía, en Suecia, las niñas se ponen coronas con velas.

Una niña y su abuelo encienden las velas de la *menorah* el octavo día de Hanukkah.
© Richard Hutchings/CORBIS

Una familia judía de California enciende las velas de la *menorah* en Hanukkah.
© Dave Bartruff/CORBIS

Algunos de los símbolos de Hanukkah: la *menorah*, los *dreidels* y las monedas que se dan a los niños, llamadas *gelt*.
© Rick Gayle Studio/CORBIS

Celebración de Hanukkah en el Capitolio Estatal de California, en Sacramento.
© Kenneth James/CORBIS

Menorah con las velas encendidas.
© Royalty-Free/CORBIS

Un niño y su padre encienden las velas de la *menorah* en Hanukkah.
© Royalty-Free/CORBIS

Una niña y sus padres encienden las velas de la *menorah* en Hanukkah.
© Roy Morsch/CORBIS

Con la vela del centro, llamada *shamash*, se prenden las demás velas de la *menorah*.
© Royalty-Free/CORBIS

En Israel suele ponerse la *menorah* encendida fuera de la casa o cerca de las ventanas para anunciar ampliamente el milagro de Hanukkah.
© Royalty-Free/CORBIS

Regalos de Hanukkah.
© Ted Spiegel/CORBIS

Una niña judía de Westchester, Nueva York, abre sus regalos de Hanukkah.
© Ted Spiegel/CORBIS

Leyendo en familia.
© Laura Dwight/CORBIS

Un abuelo le lee a su nieto junto al Muro de los Lamentos, en Jerusalén.
© Peter Guttman/CORBIS

Un judío reza frente a la *menorah* durante la celebración de Hanukkah.
© Royalty-Free/CORBIS

Dreidel sobre una página de un libro en hebreo.
© Royalty-Free/CORBIS

Imagen de un *dreidel* en la que se muestran las letras Shin y Hei. Las cuatro letras son las siglas de la frase "Un gran milagro ocurrió allá".
© Royalty-Free/CORBI

Imagen de un *dreidel* en la que se muestran las letras Gimel y Nun. Las cuatro letras son las siglas de la frase "Un gran milagro ocurrió allá".
© Royalty-Free/CORBIS

Niño judío haciendo girar un *dreidel*.
© Royalty-Free/CORBIS

Cena de una familia judía en Hanukkah.
© Royalty-Free/CORBIS

Madre e hijo preparan latkes para la cena de Hanukkah.
© Ted Spiegel/CORBIS

Galletas con motivos de Hanukkah.
© Royalty-Free/CORBIS

Una niña judía de Santa Fe, Nuevo México, se sirve latkes con salsa de manzana durante la cena de Hanukkah.
© George Ancona

Padre e hija decoran el árbol de Navidad.
© Steve Chenn/CORBIS

El parque Jangchung, en Seúl, Corea del Sur, se llena de faroles de colores durante la fiesta de Vesak.
© Paul Souders/CORBIS

Padre e hijo encienden las velas del *kinara* en la celebración de Kwanzaa.
© Royalty-Free/CORBIS

Mujeres de la comunidad Sikh de Nueva Deli, India, encienden velas durante la celebración de Diwali.
© Tom Pietrasik/CORBIS

Una niña de una escuela de Santa Fe, Nuevo México, se viste como Santa Lucía según la tradición sueca para la celebración del día de esta santa, el 13 de diciembre.
© George Ancona

Celebrar y crecer

A lo largo de la historia y en todas partes del mundo, la gente se reúne para celebrar aniversarios históricos, conmemorar a alguna persona admirable o dar la bienvenida a una época especial del año. Detrás de toda celebración está el reconocimiento de que la vida es un don maravilloso y que el reunirnos con familiares y amigos produce alegría.

En una sociedad multicultural como la estadounidense, la convivencia entre grupos tan diversos invita a un mejor conocimiento de la propia cultura y al descubrimiento de las demás. Quien profundiza en su propia cultura se reconoce en el espejo de su propia identidad y afirma su sentido de pertenencia a un grupo. Al aprender sobre las culturas ajenas, podemos observar la vida que se abre tras sus ventanas.

Esta serie ofrece a los niños la oportunidad de aproximarse al rico paisaje cultural de nuestras comunidades.

Hanukkah

Para los personajes de este cuento hemos tomado prestados los nombres de los miembros de una familia muy querida. A través de Sonia y Renata, Isabel abrió la ventana a un mundo en el que el arte, la literatura y la música son el rebozo del alma. A través del piano de Rudi y el violín de Sonia, Mozart llegaba hasta los amigos entre sonrisas después de la cena. De la experiencia del exilio de esta maravillosa familia Isabel aprendió que la vida merece una gran batalla y comprendió que el *shamash* —la vela que se usa para encender las otras velas de la *menorah*—no es otra cosa que la pasión que vive en el corazón.

Con esa convicción, le ponemos aceite nuevo a nuestro *shamash* todas las mañanas.

Alma Flor Ada y F. Isabel Campoy

A Tessa y Hannah Nayowith, celebrando la luz de sus corazones.
AFA

A Susan y Dianne Boer, celebrando la amistad y el cumpleaños.
FIC

© This edition:
2007, Santillana USA Publishing Company, Inc.
2105 NW 86th Avenue
Miami, FL 33122
www.santillanausa.com

Text © 2007 Alma Flor Ada and F. Isabel Campoy

Editor: Isabel C. Mendoza
Art Director: Mónica Candelas
Production: Cristina Hiraldo

Alfaguara is part of the **Santillana Group**, with offices in the following countries:
ARGENTINA, BOLIVIA, CHILE, COLOMBIA, COSTA RICA, DOMINICAN REPUBLIC, ECUADOR, EL
SALVADOR, GUATEMALA, MEXICO, PANAMA, PARAGUAY, PERU, PUERTO RICO, SPAIN, UNITED
STATES, URUGUAY, AND VENEZUELA

Celebra Hanukkah con un cuento de Bubbe
ISBN 10: 1-59820-122-0
ISBN 13: 978-1-59820-122-2

Published in the United States of America
Printed in Colombia by D'Vinni S.A.

12 11 10 09 08 07   2 3 4 5 6 7 0 8 9 10

Library of Congress Cataloging-in-Publication Data

Ada, Alma Flor.
        Celebra Hanukkah con un cuento de Bubbe / Alma Flor Ada y F.
Isabel Campoy; ilustrado por Mariano Epelbaum. —
        p. cm. — (Cuentos para celebrar)
        Summary: Three children tell each other a Hanukkah story
while their grandmother prepares a special meal of latkes. Includes factual
information about the holiday.
        ISBN 1-59820-122-0
        [1. Hanukkah—Fiction. 2. Grandmothers—Fiction. 3. Brothers and
sisters—Fiction. 4. Jews—Fiction. 5. Spanish language materials.]
        I. Campoy, F. Isabel. II. Epelbaum, Mariano, 1975- ill. III. Title.

PZ73.A243264 2006
[E]—dc22   2006025499